for Brigitte
à Brigitte

English text translated by Rosemary Lanning
© 2001 Éditions Nord-Sud, pour la présente édition bilingue
© 1992 NordSüd Verlag AG, Gossau Zurich, Suisse
Tous droits réservés. Imprimé en Belgique
Loi n° 49-956 du 16 juillet 1949 sur les publications destinées à la jeunesse
Dépôt légal: 1er trimestre 2001
Pour l'édition reliée: ISBN 3 314 21368 9 Pour l'édition brochée: ISBN 3 314 21388 3
5ème tirage 2006

Marcus Pfister

THE RAINBOW FISH

THE MOST BEAUTIFUL FISH IN THE OCEAN

Arc~en~ciel

le plus beau poisson des océans

North-South Books   Éditions Nord-Sud

Somewhere in the deepest sea there lived a fish. But this was no ordinary fish: he was the most beautiful fish in the entire ocean. He was rainbow coloured, and his scales shone and reflected light like iridescent droplets.

Quelque part au plus profond des mers vivait un poisson. Mais ce n'était pas un poisson ordinaire: c'était le plus beau poisson de tous les océans. Il avait les couleurs de l'arc-en-ciel, et ses écailles brillaient et miroitaient dans la lumière comme autant de petites gouttes irisées.

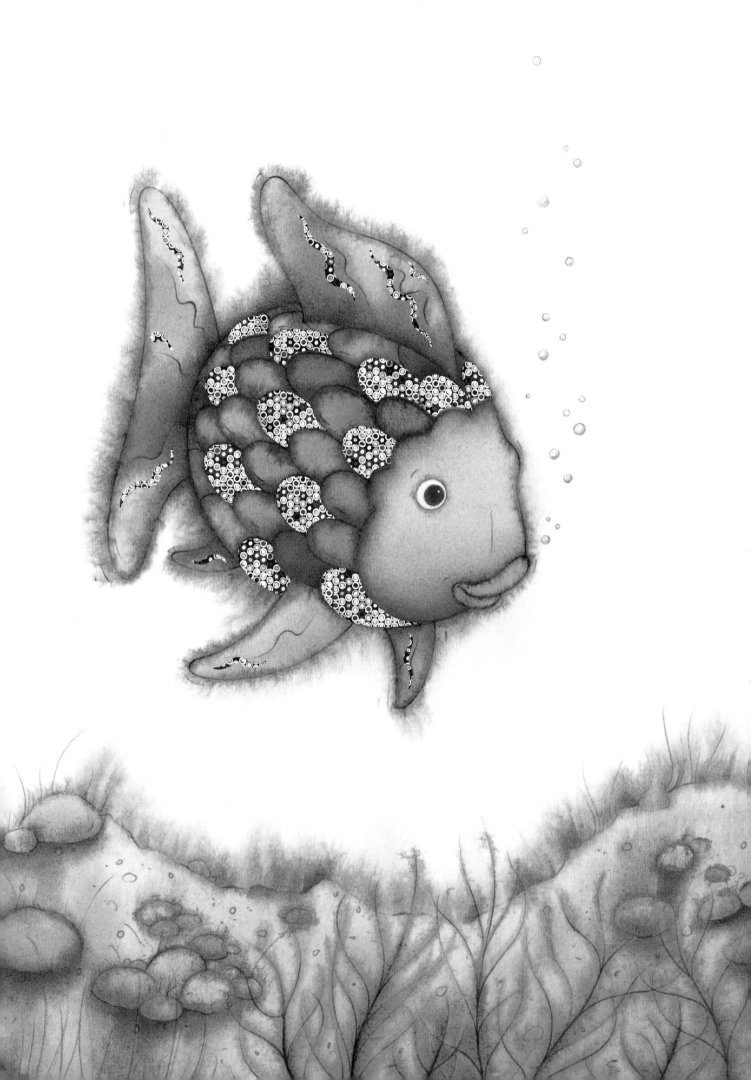

The other fish admired his glittering scales. And because of his beautiful colours they had named him Rainbow Fish.

«Rainbow Fish, come and play with us!» they said. But the beautiful Rainbow Fish glided past them without a word, but with a haughty look, taking care to make his scales gleam.

Les autres poissons admiraient ses écailles scintillantes. Et à cause de ses belles couleurs, ils l'avaient nommé Arc-en-ciel.

«Arc-en-ciel, viens jouer avec nous!» disaient-ils. Mais le bel Arc-en-ciel glissait près d'eux sans dire un mot, le regard fier, en prenant bien soin de faire briller ses écailles.

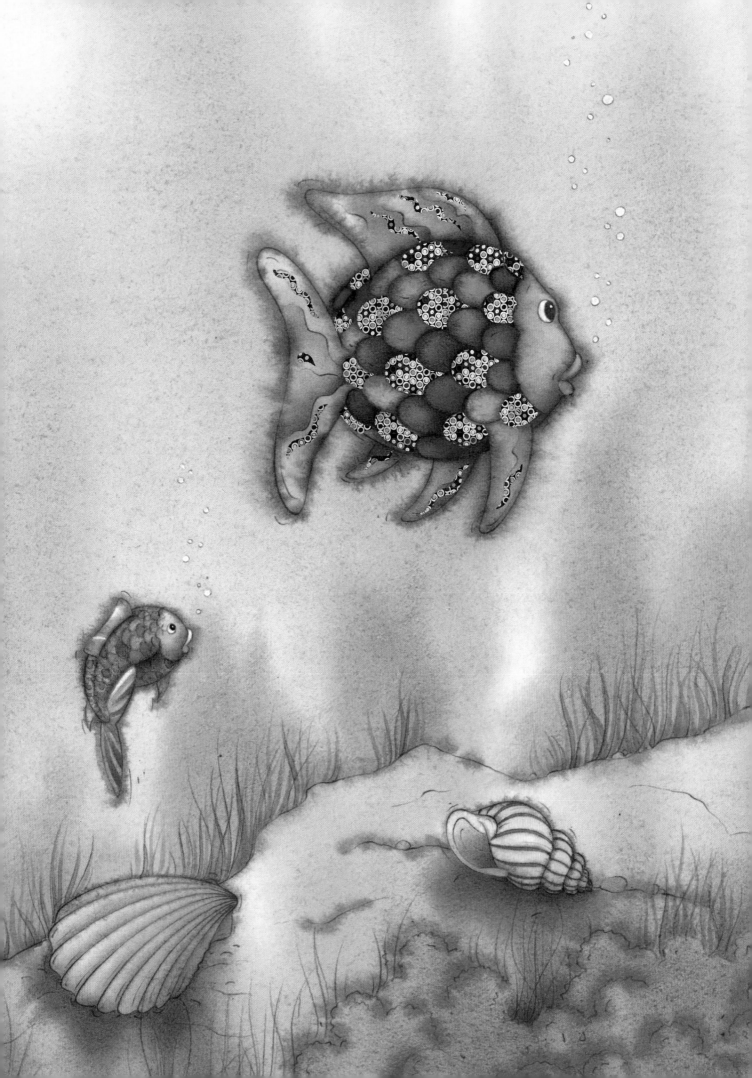

A little blue fish followed him.
«Hey! Rainbow Fish, wait for me!
Give me one of your scales. They are
so beautiful, and you have so many of them!»

Un petit poisson bleu le suivit.
«Hé! Arc-en-ciel, attends-moi!
Donne-moi une de tes écailles,
elles sont si belles, et tu en as tellement!»

«Give you one of my scales? What are you thinking of?
Buzz off! Scram!» exclaimed Rainbow Fish disdainfully.
Shocked, the little blue fish fled with a swift stroke of his fin.
He immediately told the other fish of his bad experience.
From that day on, no one ever wanted to speak another word
to Rainbow Fish. And when he passed close to them
the other fish turned their backs.

«Te donner une de mes écailles? Mais qu'est-ce que tu imagines?
Allons, ouste! Déguerpis!» s'exclama Arc-en-ciel avec dédain. Effrayé, le petit poisson bleu
s'enfuit d'un vif coup de nageoire. Il raconta aussitôt aux autres poissons sa mésaventure.
À partir de ce jour-là, plus personne ne voulut adresser la parole à Arc-en-ciel.
Et quand il passait près d'eux les autres poissons se détournaient.

But what use are the most beautiful scales in the world if there is no one
to admire them?
Now Rainbow Fish was not only the most beautiful fish in the entire ocean,
but also the loneliest!
One day he told his troubles to the starfish.
«I am so beautiful,» he said to her. «Why doesn't anyone like me?»
The starfish was silent for a moment, then she said: «Behind the coral reef
there is a cave. That's where Octopus lives. She knows many things.
Perhaps she will be able to give you some advice.»

Mais à quoi servent les plus belles écailles du monde s'il n'y a personne
pour les admirer?
À présent Arc-en-ciel n'était plus seulement le plus beau poisson des océans,
c'était aussi le plus seul!
Un jour il fit part de ses soucis à l'étoile de mer.
«Je suis si beau, lui dit-il, pourquoi est-ce qu'on ne m'aime pas?»
L'étoile de mer se tut un instant, puis elle dit: «Derrière le récif de corail
il y a une grotte, c'est là qu'habite Octopus, la pieuvre. Elle sait beaucoup
de choses, peut-être pourra-t-elle te donner un conseil.»

Rainbow Fish soon found the cave. How dark it was there! You could hardly see a thing. Suddenly he saw two eyes shining in the darkness. Three arms reached out towards him.

Arc-en-ciel ne tarda pas à trouver la grotte. Comme il y faisait sombre! On n'y voyait presque rien. Soudain il vit briller deux yeux dans l'obscurité. Trois bras s'avancèrent vers lui.

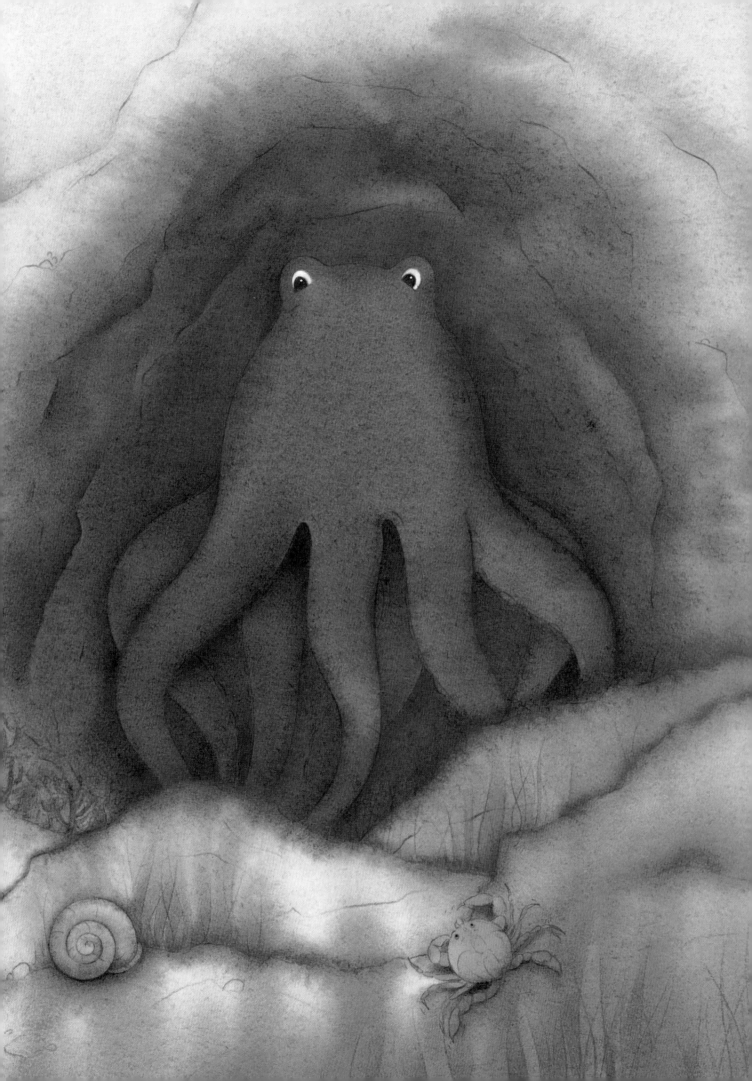

«I was expecting you,»
said Octopus in a solemn voice.
«The waves brought me your story to me.
Listen carefully to my advice: offer one
of your beautiful scales to every fish
who asks you for one. Perhaps you will
no longer be the most beautiful fish,
but you will be a happy fish.»

«Je t'attendais, dit Octopus d'une voix grave,
les vagues m'ont rapporté ton histoire.
Écoute bien mon conseil: offre à chaque poisson
qui te le demandera l'une de tes belles écailles.
Tu ne seras peut-être plus le plus beau des poissons,
mais tu seras un poisson heureux.»

«But…» said Rainbow Fish.
He couldn't go on, for Octopus
had already disappeared
behind a cloud of ink.
Give away my scales?
My magnificent scales?
he thought indignantly. Never!
Oh no! I could never be happy without them!

«Mais…» dit Arc-en-ciel.
Il ne put rien ajouter de plus
car Octopus avait déjà disparu
derrière un nuage d'encre.
Offrir mes écailles?
Mes magnifiques écailles?
pensa-t-il indigné.
Jamais! Ah non! Je ne pourrais jamais
être heureux sans elles!

Suddenly he felt the water vibrate.
The little blue fish was close beside him once again.
«Rainbow Fish, please, be kind, give me one
of your magnificent scales!»
Rainbow Fish hesitated. One tiny little scale,
he thought. All right. I will. It won't show

Tout à coup il sentit l'eau vibrer.
Le petit poisson bleu était à nouveau près de lui.
«Arc-en-ciel, s'il te plaît, sois gentil,
donne-moi une de tes magnifiques écailles!»
Arc-en-ciel hésita. Une toute petite écaille,
pensa-t-il, bon, d'accord, ça ne se verra pas.

Rainbow Fish carefully detached the smallest scale from his back and gave it to the blue fish. «Here, take this. And now go away!»
«Oh! Thank you, thank you very much!» said the little fish happily. «That is really very kind of you, Rainbow Fish!»

Rainbow Fish felt very strange. He watched the little blue fish for a long time as he went off with his little glittering scale.

Arc-en-ciel détacha avec précaution la plus petite écaille de son dos et la donna au poisson bleu. «Tiens, la voilà! Et maintenant va-t'en!»
«Oh! Merci, merci beaucoup! dit le petit poisson tout joyeux, c'est vraiment très gentil de ta part, Arc-en-ciel!»

Arc-en-ciel se sentit tout drôle. Il regarda longuement le poisson bleu s'éloigner avec sa petite écaille scintillante.

The little blue fish went everywhere
with his beautiful scale, and everyone
admired him.
Soon Rainbow Fish was surrounded by a swarm
of little fish: they all wanted a scale!
And, who would have believed it?
Rainbow Fish started to share give
his beautiful scales away.
It even gave him pleasure to see
how delighted the little fish were.
And the more glittering fish
he saw around him,
the better he felt
amongst them.

Le petit poisson bleu se promena partout
avec sa belle écaille, et tout le monde l'admira.
Bientôt Arc-en-ciel fut entouré d'une nuée
de petits poissons: ils voulaient tous une écaille!
Et, qui l'eût cru? Arc-en-ciel se mit à distribuer
ses belles écailles.

Cela l'amusait même de voir la joie des petits
poissons. Et plus il voyait scintiller de poissons
autour de lui, mieux il se sentait au milieu
d'eux.

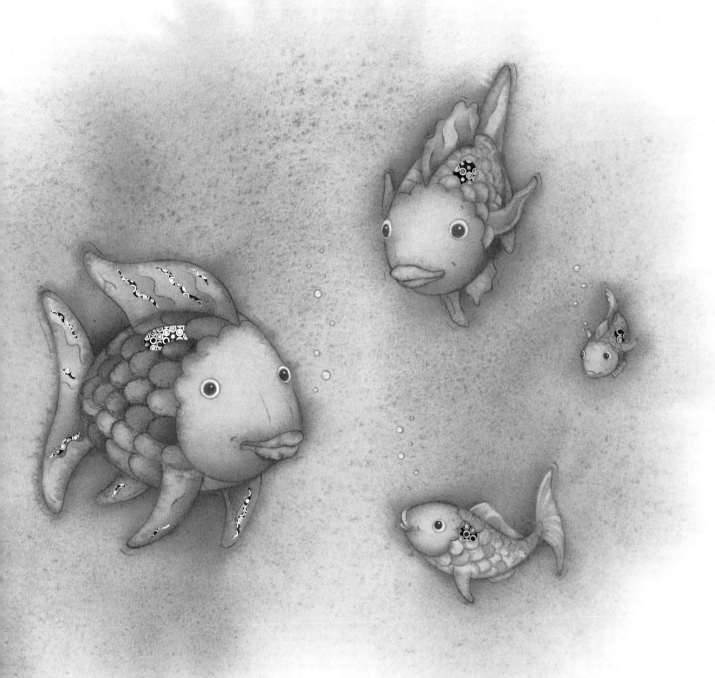

Soon Rainbow Fish only had one single
glistening scale left. He had given away
all the rest! And he was happy, really happy.
«Come and play with us, Rainbow Fish!» called
the other fish.
«Here I come!» said Rainbow Fish,
and he darted happily into the middle
of his group of new friends.

Bientôt il ne resta plus à Arc-en-ciel qu'une seule
écaille brillante. Il avait distribué toutes
les autres! Et il était heureux, vraiment heureux.
«Viens jouer avec nous, Arc-en-ciel!» appelèrent
les autres poissons.
«J'arrive!» dit Arc-en-ciel, et il s'élança
tout joyeux au milieu de ses nouveaux
camarades.